COCOS Y HADAS

Cuentos para niñas y niños

Julia de Asensi

EL COCO AZUL

Teresa era mucho menor que sus hermanos Eugenio y Sofía y sin duda por eso la mimaban tanto sus padres. Había nacido cuando Víctor y Enriqueta no esperaban tener ya más hijos y, aunque no la quisieran mas que a los otros, la habían educado mucho peor. No era la niña mala, pero sí voluntariosa y abusaba de aquellas ventajas que tenía el ser la primera en su casa cuando debía de ser la última.

A causa de eso Eugenio no la quería tanto como a Sofía; ésta, en cambio, repartía por igual su afecto entre sus dos hermanos.

Cuando Teresa hacía alguna cosa que no era del agrado de Eugenio, él la amenazaba con el coco y pintaba muñecos que ponía en la alcoba de su hermana menor para asustarla.

Teresa tenía miedo de todo y sólo Eugenio era el que procuraba vencer su frecuente e incomprensible terror.

No se le podía contar ningún cuento de duendes ni de hadas, ni hablarle de ningún peligro de esos que son continuos e inevitables en la vida. Los padres se disgustaban con que tal hiciera, y sólo su hermano procuraba corregirla por el bien de ella y el de todos, esperando aprovechar la primera ocasión que se presentase para lograrlo.

Rompía los juguetes de su hermana sin que nadie la riñese y Sofía había guardado los que le quedaban, que aun eran muchos y muy bonitos, donde Teresa no los pudiera coger.

-El día que seas buena te los daré todos, le decía.

-Y cuando seas valiente yo te compraré otros, añadía Eugenio.

Teresa se quedaba meditabunda durante largo rato, sin hallar el medio de complacerles.

No tenía ella la culpa de ser tan miedosa, bien hubiera querido vencer sus temores para evitar las burlas de sus hermanos y de sus amigas. Si salía a paseo, tenía que volver a su casa antes que anocheciera y era preciso llevarla a sitios muy concurridos. Si un hombre la miraba, creía que le iba a robar; si un perro corría a lo lejos, se figuraba que era un animal desconocido y de colosal altura. Si se despertaba de noche y veía por la entornada puerta la luz de la

lámpara de una habitación próxima, imaginando que había fuego en la casa saltaba con precipitación de la cama pidiendo socorro.
No podía estar sola jamás, ni ir a buscar ningún objeto a otro cuarto sin que la acompañasen.

En su misma alcoba tenía que dormir una buena mujer que había sido su nodriza y continuó después al servicio de los padres de Teresa. Quería tanto a la niña que dormía muy poco para poder vigilar su sueño, despertarla si le atormentaba alguna pesadilla o acostarla con ella si estaba desvelada por el miedo.

Habiendo caído enferma la madre de Teresa y no bastando los criados de la casa para velar por si algo se ofrecía, mientras acompañaban a la paciente su marido y otras personas de la familia, forzoso fue que la nodriza entrara también en turno para aquel servicio. Ella se quedaba vestida junto a la cama de la niña que, sabiendo que estaba allí a su lado, no tenía cuidado de ningún género.
Una noche, el padre de Teresa llamó desde fuera a la antigua criada, que se apresuro a salir.
-Hay que ir a la botica, le dijo su amo, se ha concluido una de las medicinas y dice el doctor que es preciso traer más.
La excelente mujer comprendió que no podía desobedecer aquella orden; miró a la niña, que dormía con la mayor tranquilidad, se abrigó bien y salió a la calle para cumplir lo dispuesto por su señor.
-Tardaré poco, se dijo, y en esta momento Teresa no ha de despertarse, sería muy casual que así fuese.
No había querido cerrar la puerta de la alcoba para no hacer ruido.

En la botica la detuvieron un buen rato porque el excesivo número de enfermos que había en aquella época era causa de que tuviesen allí muchas recetas, que se servían por riguroso turno, y el personal de la farmacia más próxima era bastante escaso.
Apenas haría un cuarto de hora que había salido la nodriza, cuando Teresa se despertó.
-¡Mariana! ¡Mariana! llamó por dos veces.
Nadie le respondió. Como era la primera vez que esto había sucedido, pues la mujer, que tenía el sueño muy ligero, contestaba en seguida que oía la voz de Teresa, ésta empezó a alarmarse y se sintió invadida de aquel invencible terror que tanto le atormentaba.

Creyó que a sus voces acudiría su padre o alguno de sus hermanos, en el caso de que éstos no se hubiesen acostado todavía.

Al poco rato encendieron una luz en la habitación inmediata. Fijos los ojos en la entornada puerta, la niña cesó de gritar y se quedó inmóvil.

La puerta se abrió entonces por completo y apareció en ella una figura negra con un palo en la mano.

-Si no te callas te llevaré conmigo, le dijo con atronadora voz. ¿A quién llamabas? ¿no puedes estar sola?

Ante aquella amenaza la pobre niña se echó a temblar y ocultó el rostro con las sábanas.

-Márchate, coco negro, murmuró al fin, que yo seré buena.

La figura negra desapareció.

Apenas había salido, Teresa empezó a llamar a gritos a su nodriza.

En la puerta apareció otra figura vestida de azul. Ésta se acercó a la niña a pesar de sus protestas, y colocó encima de su cama una hermosa muñeca.

-¡Vete! exclamó Teresa llorando.

-No me iré sin que me escuches, contestó el fantasma. Yo soy el coco azul y quiero mucho a los niños buenos, a los que doy dulces y juguetes; mas para esto es necesario que no me teman ni tengan miedo a nada. En el último piso de tu casa hay un cuarto obscuro, del que sin duda has oído hablar, que sirve para guardar baúles y muebles viejos; en un rincón de ese cuarto hay muñecas, sillas, mesas y camas para una casa de aquellas, juegos de café, batería de cocina, almendras, caramelos, y otras cosas buenas o bonitas. Si mañana te atreves a ir allí sola, de día, todo será para ti, si no se lo daré a otra niña.

-¿Son los juguetes como los de Sofía? se atrevió a preguntar Teresa, porque aquel coco no le parecía tan malo como el negro.

-Sí, como los de Sofía.

-¿Y serán para mí?

-No lo dudes.

-Pues bien, coco azul, si te marchas enseguida, mañana iré por ellos.

A Teresa le pareció que el coco se burlaba de ella, porque apenas podía contener la risa. Cogió la muñeca y se alejó precipitadamente.

La niña ya no se atrevió a gritar, temiendo que apareciese un coco de otro color. ¡Si el azul no le engañara! ¡Si todos aquellos juguetes y golosinas fuesen para ella! ¿Por qué se había llevado la muñeca otra vez? Su conciencia le decía que en realidad no la había ganado, porque tenía muchísimo miedo.

Cuando la nodriza volvió, encontró a Teresa con los ojos abiertos, pero callada.

-¡Qué buena es mi niña! dijo besándola; así te quiero yo ver, sin miedo aunque no esté contigo. He tenido que ir a la botica a buscar una medicina para tu mamá, que ya está muy aliviada y pronto podrá levantarse. Ya no me separaré más de ti.

-¿Estamos solas, Mariana?

-Sí, solas, como siempre a estas horas, respondió la nodriza.

-Pues acércate a mí, que te voy a contar lo que me ha pasado.

Y hablando muy bajito, le refirió la visita de los dos cocos.

-Habrá soñado todo eso, pensó la criada.

A la mañana siguiente, al observar que había dejado un mantón negro sobre una silla y que las cortinas del balcón y de las puertas eran azules, supuso Mariana que, asustada Teresa, los había tomado por fantasmas y que había soñado que le habían dicho todo aquello. Vino a confirmar esta idea el oír que Teresa en sueños nombraba sin cesar al coco azul.

Al otro día se levantó la niña pensando en los prometidos juguetes y decidida a armarse de valor para ir a buscarlos.

-Subiré después del desayuno, se dijo.

Pero no se atrevió entonces y lo dejó para cuando acabase de almorzar.

-¿No sales hoy a paseo? le preguntó Sofía.

-No, contestó Teresa, tengo que hacer en casa.

-¡Ah! ¿tienes que hacer? repitió riéndose la hermana mayor.

-Si, y no te burles.

-¡Famosas ocupaciones serán las tuyas!

-Si me atreviera te las diría.

-Pues atrévete.

-Es que... no sé si es preciso guardar el secreto.

-Conmigo seguramente no, profirió Sofía.

Teresa pareció vacilar un poco, pero al fin, como su hermana era buena para ella y podía darle un consejo, se decidió a contarle la aparición del coco negro y la del coco azul. Al terminar suplicó a Sofía que subiese con ella al cuarto obscuro.

-Eso no puede ser, le replicó, te han dicho que vayas sola y si te acompaño ya no habrá de fijo ni juguetes ni dulces.

Larga fue la lucha que tuvo que sostener Teresa; varias veces llegó al primer tramo de la escalera, porque hasta él la llevó de la mano su hermana, pero no hubo medio de que pasara de allí.

-Iré contigo hasta la puerta del cuarto, le dijo Sofía.

Pero aunque subió con Teresa no logró que la niña entrase sola.

-Déjalo para mañana, a ver si tienes más valor, le aconsejó la otra.

-Mañana no estarán los juguetes...

-Puede ser que sí.

Por la noche también tuvo Mariana que dejar sola a Teresa para acompañar un rato a la enferma, que había tenido un gran alivio en su dolencia, pero cuyo estado exigía siempre un cuidado asiduo.

La niña se despertó y vio, como la noche anterior, al coco negro que la amenazó y al coco azul que la trató con dulzura.

Tuvo menos miedo al primero y hasta se atrevió a mirar detenidamente al segundo. Aquel coco le era simpático y conoció que acabaría por familiarizarse con él. Prometió a la niña ir al día siguiente con ella al cuarto obscuro.

Y en efecto, a las diez de la mañana estaba esperándola en el primer descanso de la escalera, con su hermoso manto de cielo que le cubría desde la cabeza a los pies. Teresa se acercó al coco y subió con él hasta lo más alto de la casa. Al llegar   allí abrió la puerta y la niña vio que el cuarto estaba profusamente iluminado con velas y farolillos y en el fondo estaban los juguetes ofrecidos y otros muchos y las golosinas que a ella más le agradaban.

Encantada Teresa al ver todo aquello, empezó a saltar de alegría y a coger cuantos objetos pudo colocándolos en su delantal, para bajarlos a su cuarto en menos tiempo. El coco azul le ayudaba en su tarea, y allí apareció también el coco negro para terminar más pronto.

Cuando todo estuvo trasladado, como Teresa era ya una niña bien educada, dio las gracias a los cocos que le pidieron un beso. Ella cerró los ojos para no verles la cara y obedeció. Entonces el coco negro y el coco azul desaparecieron.

Los dos corrieron al cuarto del padre de Teresa, se quitaron su disfraz apareciendo: bajo el traje del coco malo Eugenio, y del coco bueno Sofía.

-Ha estado la niña más valiente de lo que esperábamos, dijeron.

Poco a poco fue perdiendo Teresa el miedo a todas las cosas naturales y sobrenaturales, pero, aun siendo mayor, siguió ignorando que los cocos habían sido sus hermanos.

Si algún día no sabía la lección, le decía su madre:
-Mira que va a venir el coco negro.
Y aprendía pronto al oír esta amenaza.
Sonreía dulcemente, como si de algo muy querido de ella se tratara,
cuando, después de haber hecho una cosa buena le decían:
-En recompensa, se lo contaremos al coco azul.

La pobre Micaela se había quedado viuda siendo muy joven y con escasísimos recursos. Gracias a la caridad de una vecina, que cuidaba a su único hijo de edad de cuatro años, había podido ponerse a servir, pero aquella excelente mujer había muerto poco después y la viuda se vio obligada a llevarse a su niño, perdiendo por esto la colocación que tenía.

Allá, en una pequeña aldea donde había nacido, vivían algunos parientes suyos, los unos ricos, pero avaros; los otros en tan triste situación como ella. A fuerza de economías había reunido lo necesario para pagar el viaje y se puso en camino con su hijo, del que no se quería separar.

Poco se acordaban en el pueblo de la viuda y la recibieron con desvío o con frialdad. Ella tenía a su Félix para consolarse, porque el muchacho era dócil y bueno y adoraba a su madre.

La pobre mujer alquiló un cuarto muy pequeño, con dos habitaciones únicamente, y se dedicó a coser y a planchar, reuniendo una parroquia muy reducida aunque trabajaba bien y se hacía pagar poco, mucho menos que las otras costureras y planchadoras del lugar.

Había arreglado pronto su casa, porque   no tenía apenas muebles, pero éstos eran limpios y no de mal gusto, por lo que Félix no pudo darse cuenta al principio de los sacrificios que la madre se imponía para que el niño no viviese peor que los demás de su clase.

No iba a la escuela, pero tampoco bajaba a jugar a la calle, viendo ésta desde su ventana adornada con unas cortinas de percal, dos tiestos, con claveles el uno y geranios el otro, y una jaula con un pájaro.

Félix quería mucho a aquel jilguero que, sabiendo su afición a los pájaros, le había llevado un día su madre. Estaba encerrado en una pobre jaula que el inquilino que había ocupado antes que ellos el modesto cuartito, había dejado abandonada. Era de madera y alambre, muy tosca, muy vieja y muy sucia, pero al muchacho, que no había tenido nada mejor, le parecía buena. La dificultad principal para el niño era el dar de comer al pajarito por la imposibilidad en que se hallaba de comprarle cañamones o alpiste. Le mantenía con miguitas de pan, no siempre tierno, y unas hojas   de escarola que pedía de vez en cuando a una verdulera parienta suya. El jilguero conocía bien a su dueño y le saludaba con su alegre canto, más melodioso desde que tenía por vecinos a dos canarios.

La casa que había en frente de la que habitaba Micaela era un bello edificio bastante antiguo, de severa fachada, anchos balcones en el piso principal, ventanas en el segundo y en el bajo y en el centro de éste una gran puerta con marco de piedra y sobre ella un escudo de armas.

Durante mucho tiempo aquella casa había permanecido cerrada y desde hacía pocos días la ocupaba una ilustre señora, viuda de un duque y madre de dos niñas. Los canarios pertenecían a éstas. Apenas si conocían en el pueblo a la madre y a las hijas, las creían altivas y dichosas en su soledad, poco dispuestas a procurar el bien de aquellas gentes que casi en total dependían de ellas, ya porque las casas que ocupaban fuesen propiedad suya, o porque tuviesen arrendadas tierras que les pertenecían de igual modo.

Félix estaba muchas veces asomado a la   única ventana de su casa; pero en cuanto veía en los balcones de en frente a alguna de las niñas, su natural timidez le obligaba a ocultarse.

Llegó una temporada muy mala para la pobre Micaela, que no encontró trabajo, y la infeliz tuvo que pedir limosna para mantenerse ella y dar de comer a su hijo. Hubo un día en que no tuvieron más que un pedazo de pan. La madre dio la mayor parte de él al niño, que la comió con avidez.

Pero aun no lo había comido todo cuando Félix se acordó de su jilguero. El pobre no había tomado nada desde la víspera y al muchacho le parecía más triste aquella tarde el canto de su pájaro.

-¿Tendrá bastante con esta miga hasta mañana? se preguntó.

No le dio más que la mitad de lo que le había destinado y se comió el resto, porque él también tenía mucha hambre.

A la mañana siguiente llevó Micaela un pedazo de pan todavía más pequeño y la lucha que sostuvo Félix para dar a su jilguero una parte de lo que el debía comerse fue todavía mayor.

-Madre, dijo -y sus ojos se llenaron de lagrimas-, mi jilguero está triste y se me va a morir.

-Sí, niño mío, contestó Micaela, pero él encontrará alimento mejor que tú. Déjale en libertad, que en el campo no falta nunca algo que mantiene a los pájaros. Hay frutas   maduras, hay granos de trigo, hay insectos...

-Pero yo no veré más a mi jilguero, que se olvidará de mí.

-Si prefieres que se muera de hambre...

Aquel día dieron a Micaela un plato de patatas guisadas que ella y su hijo comieron, pero el pájaro no las quiso probar.

Al llegar la tarde, Félix se asomó llevando en la mano la jaula que encerraba al jilguero. Le sacó, le dio muchos besos, le puso con cuidado en la ventana, y sin ver lo que el pájaro hacía, porque el llanto obscurecía su vista, se metió precipitadamente en su cuarto, sintiendo la primera pena, para la que no hallaba consuelo. Cuando se calmó un tanto, volvió a asomarse y vio que el jilguero había desaparecido.

-Ya habrá comido algo, murmuró, al menos él no se morirá de hambre.

Los tiempos malos seguían y en balde buscaba Micaela una colocación. Ella se contentaba con poco; si tuviese dos o tres duros habría podido comprar cintas, hilos, botones y otros objetos para venderlos en el pueblo y sus alrededores. Todo era empezar y no dudaba que lograría reunir una buena parroquia, porque le bastaría una pequeña ganancia. Sus parientes no quisieron prestarle aquella insignificante cantidad por temor de que no se la devolviera.

Una mañana, al levantarse Félix, vio que por debajo de la puerta de su casa habían echado un pliego encerrado en un sobre. Se lo llevó a su madre, que sacó de él un papel color de rosa.

-¿Qué pone ahí? preguntó el niño.

Y Micaela leyó lo siguiente:

«Las hadas Esmeralda y Turquesa, más conocidas por las buenas hadas, queriendo dejar un recuerdo a los niños de este pueblo de su paso por él, les ruegan que escriban lo que desean antes del 1.º de junio y depositen sus peticiones en el hueco del tronco de la encina que hay a la entrada del campo. El 6 del mes citado recibirán la contestación. No se admitirá ningún pliego que vaya sin firmar.»

-¡Madre, madre! exclamó el niño con júbilo, escribe por mí, puesto que yo no sé, y pon al pie de lo escrito mi nombre.

-Pero, hijo ¿tú crees que esto es verdad? preguntó Micaela.

-Sí, sí lo es, escribe.

-¡Pero si no tengo papel ni tinta!

-No importa, en el mismo pliego de las hadas escribe con lápiz.

La viuda riendo al ver la alegría de su hijo se dispuso a escribir y él dictó estas palabras:

«Señoras hadas: muy agradecido a sus bondades, les pido que den a mi madre, a la que tanto quiero, cinco duros, o aunque sea menos, para comprar algunas cosas que necesita para venderlas por los pueblos, pues somos muy pobres y hay días en que apenas tenemos que comer. Les pido además que me devuelvan mi jilguero, al que también quiero mucho. Que no desoigan estos ruegos les suplica Félix Martínez.»

-Ahora, madre, dijo el niño, dame la carta y la llevaré sin perder tiempo.

Y echó a correr, sin descansar hasta que llegó al campo.

Allí, a la entrada, estaba la encina con un profundo hueco en su tronco, en el que no habían puesto nada todavía.

Félix dejó su petición y se alejó lleno de esperanzas.

Pocos días después las buenas hadas contestaron del mismo modo que habían escrito antes, citando a los niños del pueblo en el jardín de casa de la duquesa, que se extendía por detrás del edificio. La hora señalada era las ocho de la noche.

Apenas sonó la primera campanada en el reloj de la iglesia, se abrió la puerta del jardín y por ella penetraron los niños y no pocos hombres y mujeres, entre éstas Micaela. Ni un sólo muchacho había dejado de acudir.

Guiados por un criado de la señora, llegaron a una gran plazoleta en cuyo centro había una mesa y dos sillones.

Farolitos y vasos de colores perfectamente combinados, iluminaban aquel pasaje   en el que se veían árboles frondosos, perfumadas flores y cristalinas fuentes.

Allá, a lo lejos, se oía una música dulcísima y poco después se presentaron varios criados seguidos de las hadas.

Eran muy bellas, de corta estatura, con hermosos cabellos adornados con ricas diademas de oro cubiertas de pedrería; llevaba en el centro la una una gran esmeralda y la otra una enorme turquesa. Sus vestidos largos estaban bordados de plata y un finísimo velo de tul les caía hasta los pies calzados con preciosos zapatos.

Las dos, con majestuoso ademán, tomaron asiento y los criados fueron colocando en la mesa, en bandejas cubiertas, los lotes que ellas iban pidiendo. Había de todo: la muñeca soñada por una niña pobre, el caballo de cartón que deseaba un pequeñuelo, el vestido de seda para otra muchacha, los dulces para un goloso, las armas para un futuro militar... Ellos lo recibían con gritos de admiración y de alegría, que parecían divertir mucho a las hadas.

El lote de Félix fue el último. El hada Turquesa entregó al niño un billete de banco y el hada Esmeralda el jilguero encerrado en una jaula bonita y elegante. Sí, era el mismo, no cabía duda, le hubiera conocido entre mil. Félix agradecido, se arrodilló a los pies de las hadas y besó con entusiasmo sus delicadas manos.

Micaela lloraba al ver colmados sus deseos con una cantidad mucho mayor que la pedida por su hijo.

Después del reparto, los muchachos fueron obsequiados con dulces y con vino, saliendo todos muy satisfechos del jardín.

A la mañana siguiente los niños creían haber soñado, en particular Félix que veía a su madre contenta y oía cantar a su jilguero. Micaela comprendió que el pájaro al volar se había parado en la casa de en frente junto a las jaulas de los dos canarios y que se había dejado coger con facilidad; pero Félix no lo quería creer y no hubo medio de que viera que las buenas hadas pudieran ser sus vecinas las hijas de la duquesa. Éstas partieron en seguida de allí y no regresaron al pueblo.

Todos los años el 1.º de junio fueron los niños a echar sus cartas en el hueco del tronco de la encina, pero no volvieron recibir los preciosos dones del hada Turquesa y del hada Esmeralda. En cambio, el administrador de la buena señora y de sus hijas siguió cobrando muy barato los alquileres de las casas y de las tierras que habían arrendado y por orden de sus amas fundó una escuela en la que los niños, terminada la primera enseñanza, podían aprender un oficio.

Félix, uno de los más aplicados, logró al cabo de algunos años, ser el sostén de su madre, pagando de este modo el cariño y los desvelos que la pobre viuda había tenido siempre para él.

- I -

¿Por qué habían nacido tan iguales aquellos dos muchachos? No eran de la misma familia ni vivían en la misma clase social. El uno, Guillermo, era hijo único del señor del castillo, y el otro, Paulino, de un pobre soldado. Tenían entonces unos diez añitos, igual estatura, más bien alta que baja para su edad, el cabello castaño, los ojos negros, grandes y expresivos, la tez morena y algo pálida, los labios gruesos y los dientes blancos y pequeños.

Decíase que la madre de Paulino tenía veneración por la castellana, encontrándole una notable semejanza con la Virgen que en un cuadro antiguo trazara un hábil pintor y que se veneraba en la vieja iglesia de aquel pueblo. Y que así como Guillermo era el vivo retrato de la castellana, Paulino se parecía al niño Jesús que tenía la Virgen en sus brazos, igual en el rostro a la santa imagen que tanto había mirado su madre antes de darle a luz.

Si en la parte física se asemejaban los dos niños, no ocurría lo mismo en la moral. Guillermo era bueno, caritativo y amable; Paulino adusto, retraído y envidioso.

La castellana daba a la mujer del soldado las prendas poco usadas por su hijo y Paulino vertía amargo llanto al ponerse aquellas ropas de desecho. ¿Por qué no había de ser él hijo de padres ricos y nobles como Guillermo y tener caballo, coche y juguetes? ¿Había alguna razón para que todos saludaran con cariño y respeto a aquel muchacho de su edad y a él no se dignaran mirarle siquiera? ¡Cuánto odiaba a aquel ser afortunado, nacido el mismo año que él, pero halagado por los dones de la fortuna, mientras Paulino carecía hasta de lo más necesario para vivir?

Tuvo un inmenso júbilo cuando supo que Guillermo, por deseo de su padre, iba a ser enviado a un colegio en el extranjero; así al menos no le vería, no pasaría el disgusto de saber que aquel niño tenía todas las ventajas sobre él, porque estudiando también se distinguía por su aplicación y su talento.

Un enemigo del dueño del castillo llamado Antolín, hombre de malas costumbres y corazón perverso, contribuía a excitar a Paulino y avivaba aquel odio que ni Guillermo ni sus padres conocían. Él también envidiaba a aquel opulento señor, al que debía varios favores.

Llegó el día de partir el niño al colegio y Paulino, después de despedirse de él, volvió a su casa más triste y preocupado que de costumbre.

No por haberse alejado Guillermo fue el otro muchacho más feliz; oía hablar a cada paso de sus brillantes estudios, de sus exámenes, que habían causado la admiración de cuantos los habían presenciado, de las simpatías que despertaba. Al fin tuvo la inmensa alegría de que los dueños del castillo se fuesen a vivir a una ciudad próxima, mientras él permanecía con sus padres en el pueblo. Poco después, habiéndose declarado una guerra, el soldado partió en defensa de su patria. La pobre esposa, casi ciega de tanto coser y de tanto llorar, pasaba una vida bien triste porque Paulino, al que cada día disgustaba más su modesta vivienda, no acompañaba sino muy contadas veces a su madre.

Un día que el niño había salido de su casa con objeto de coger nidos en el campo, prolongó su paseo más de lo debido, llegando a un sitio que no conocía. Cansado, se sentó en un banco de piedra y así le sorprendió la noche. Era aquel un paraje tan solitario que no había visto a nadie cruzar por él durante el tiempo que había permanecido allí. De repente divisó algo blanco, más alto que una persona, que se adelantaba hacia el banco. Era un fantasma gigantesco, sin cara, sin brazos y sin pies, una enorme sombra blanca que a Paulino le pareció que debía de haberse desprendido de los peñascales. Aunque era valiente, aquello le causó cierto espanto, el temor, que produce siempre lo desconocido.

Ya había él oído hablar en el pueblo de aquella extraña aparición, pero había tenido la suerte de no encontrarla nunca. Era el terror de los pacíficos habitantes por sus continuas exigencias; si no le daban dinero, maltrataba a los infelices que pasaban por el campo después de vender los productos de sus huertas en la villa cercana. Calumniaba a las mujeres, insultaba a los hombres, pegaba a los niños, y nadie se atrevía a hacerle frente creyéndole la mayor parte de los aldeanos el alma de un bandido famoso que hubo allí en otro tiempo y que no quería recibir ni el mismo Satanás en su reino.
Sin poder huir, Paulino se detuvo, esperando que el fantasma le hablase.
-¿Quieres ser rico? le preguntó, ¿quieres ser feliz? ¿quieres ocupar el lugar de Guillermo?
El niño no se atrevió a contestar.
-De tu respuesta afirmativa o negativa depende tu porvenir. ¿Quieres?
-Sí, murmuró al fin el muchacho.
-Pues ve a casa de Antolín y allí te explicarán lo que has de hacer.
Paulino se alejó rápidamente, en tanto que el fantasma se internaba en el bosque.
Cuando el niño llegó a la casa de Antolín, halló a la mujer de éste, a la que llamaban en el pueblo la bruja, sentada delante de la puerta.
Al ver a Paulino, le habló con cariño y le hizo entrar en su casa.
-¿Dónde está tu marido? preguntó él.

-Ha ido hoy de caza y hasta las once no volverá, respondió ella; pero entra, que yo te recibiré como Antolín.

-Tú podrás explicarme...

-Todo lo que quieras.

Hizo sentar al muchacho y le habló así:

-El padre de Guillermo envió el cochero al pueblo de H... para que recogiese a su hijo que volvía de su colegio a pasar las vacaciones en la ciudad donde su familia habita. El padre no pudo ir a buscar al niño ni tampoco su madre, que está enferma. El cochero era de toda confianza y hasta el citado pueblo fue Guillermo desde el colegio con uno de los profesores, que regresó en seguida a su país. Pero he aquí que, sin saberse por qué causa, el caballo se asustó y salió desbocado, tiró al cochero del pescante y por último volcó el carruaje. El cochero, temeroso de que le achacasen la responsabilidad de lo ocurrido, huyó, y el niño, mal herido, fue recogido por nosotros. Tú eres pobre y desgraciado y tienes ambición. Si puieres ser rico y feliz ponte la ropa de Guillermo, hazte pasar por él, y éste, vivo o muerto, ocupará tu lugar.

La tentación era muy grande para que Paulino resistiera a ella.

Vio a Guillermo que estaba acostado en una pobre cama, pálido, perdido el conocimiento, y creyó que le quedaban pocas horas de vida. Puesto que el niño iba a morir ¿qué perjuicio podía causarle aquella sustitución? Antolín, que llegó a su casa poco después, acabó de convencerle. Paulino se despojó de su humilde ropa y se puso la de Guillermo, que parecía hecha para él. La bruja le peinó como el otro niño y el parecido aun fue más notable.

-En pago de este servicio, le dijo Antolín, me darás todo el dinero que puedas; si dejas de hacerlo descubriré la verdad y te volverás a tu casa, después de recibir un castigo.

Paulino prometió pagar aquel favor y al día siguiente partió para la ciudad en compañía de Antolín. Nadie supo por entonces lo que había sido del cochero.

La madre de Paulino fue avisada por la bruja de que su hijo se había caído de un árbol; vistieron a Guillermo con la ropa del otro niño y la pobre ciega pudo engañarse al pronto creyendo que aquel muchacho herido y atacado de violenta calentura era realmente su hijo.

Cuando Antolín volvió, ya tenía todo el dinero que los señores habían dado a su supuesto hijo para que lo gastara en limosnas y diversiones.

-Esto va a ser una mina inagotable, dijo el hombre, así podremos vivir sin trabajar, comiendo bien y bebiendo mejor.

El papel que quería representar Paulino era más difícil de lo que pensó.

El señor del castillo observó bien pronto que el que creía Guillermo había atrasado en sus estudios y le obligaba a estar todo el día con el libro en la mano.

Era un hombre despótico, un verdadero tirano en la casa, lo que Paulino ignoraba, porque Guillermo no se había lamentado nunca de esto con él. Ya no tenía el niño aquella hermosa libertad de que disfrutaba cuando era pobre, ya no salía solo por el campo, ni podía hablar con ningún amigo, ni hacer su gusto jamás.

Él creía antes que en las casas de los ricos todo era felicidad y se convencía de que ésta no se compra con dinero. A esto hay que añadir lo que le costaba representar su papel cuando le hablaban de cosas completamente ignoradas y a las que no tenía más remedio que contestar.

-Eres más torpe cada día, le decía el padre de Guillermo; estoy deseando que vuelvas al colegio.

Y al terminar las vacaciones allá le llevaron.

Se vio entre rígidos maestros, entre compañeros de clase elevada que le trataban con insultante altivez, pues, aunque le creían de ilustre familia, se juzgaban superiores a él por la educación. Y si triste había sido su vida en la ciudad donde moraban los padres de Guillermo aun lo era más en aquel colegio cuyos profesores y condiscípulos eran extranjeros en su mayor parte.

De pronto, y sin que supiera por qué, dejó de recibir las cartas que todas las semanas le enviaban los señores del castillo creyéndole su hijo. El director del colegio sí tenía noticias de ellos porque le pagaban mensualmente. Llegaron las vacaciones y nadie le fue a buscar. Pasó el verano casi solo y muy aburrido.

Una noche tuvo un sueño que le causó profunda impresión.

Se hallaba con su madre en su pobre casita esperando a su padre; aquélla le acariciaba como en otros tiempos y él era feliz pensando en que si le faltaban riquezas le sobraba cariño. Después llegó el soldado cubierto de laureles y mientras les refería sus hazañas miraba a su hijo con ternura y luego le entregaba un reloj de oro, un bastón y otros objetos. Pero de repente aparecía el fantasma y arrancaba al niño de los brazos de sus padres para arrojarle a un precipicio.

Se despertó sobresaltado y entonces pensó en lo mucho que sus verdaderos padres le amaban, en las privaciones que por él se habían impuesto, arrepintiéndose sinceramente de sus faltas.

Pero ¿cómo remediar éstas? Le pareció lo mejor confesar su culpa y así lo hizo en una sentida carta dirigida a los padres de Guillermo. Quince días después enviaron en su busca a un criado con el que partió para su pueblo.

¡Con que placer volvió a ver éste!

¡Sus altas montañas, sus hermosos bosques, sus arroyos de agua cristalina, sus poéticas casitas y el soberbio castillo del que había querido ser amo!

Se dirigió ante todo a su antigua morada, donde le esperaba su madre ya restablecida de su dolencia, y su padre que había ganado grados y cruces en el campo de batalla. Ambos le concedieron pronto su perdón.

Allí supo que poco después de partir al colegio habían averiguado los señores del castillo el accidente ocurrido a su hijo por la llegada del cochero, que había estado enfermo de gravedad, que Guillermo también les había escrito y que no dudaron que era Paulino el que habían enviado al colegio y su hijo el que estaba en el pueblo con la mujer del soldado. Después supieron la intervención de Antolín en el asunto, disfrazado de fantasma para engañar mejor al niño, y por esto y por otros delitos habían sido presos su mujer y él.

Decidieron dejar a Paulino en el colegio, hasta que se arrepintiera de su falta, sin darle parte de lo ocurrido. Guillermo perdonó de todo corazón al que siempre quiso como a un amigo.

Desde entonces Paulino fue feliz en su casa,   en la que ya no se vivía con la estrechez de antes a causa del ascenso del soldado a oficial, y comprendió que la dicha no consiste en vivir en la opulencia, sino en el cariño puro y desinteresado, en la paz de la familia, en la conformidad con la suerte, y que lo mismo puede albergarse en la casa del rico que en el humilde hogar del pobre.

Dos gatitos, nada más, había tenido la gata de Doña Casimira Vallejo, y ya habían pedido a la citada señora nada menos que catorce. Y es que los gatitos eran completamente negros, y sabido es que hay muchas personas que creen que aquéllos traen la felicidad a las casas.

De buena gana Doña Casimira no se hubiera desprendido de aquellos dos hijos   de su Sultana; pero su esposo le había declarado que no quería mas gatos en su vivienda, y la buena señora tuvo que resignarse a regalarlos el día mismo que cumplieran dos meses.

Mucho tiempo estuvo pensando dónde quedarían mejor colocados; el vecino del piso bajo perdía muchos gatos y no faltaba quien sospechase que se los comía; el tendero de entrente los dejaba salir a la calle y se los robaban; la vieja del cuarto entresuelo era muy económica y no les daba de comer; el cura tenía un perro que asustaba a los animalitos; y así, de uno en otro, resultó que los catorce pedidos se redujeron para Doña Casimira solamente a dos, casualmente el número de gatos que tenía. Aún así, no acabaron sus cavilaciones.

Moro, el más hermoso y más grave de los dos gatitos, convendría mejor a Doña Carlota, la vecina del tercero de la izquierda, que tenía una hija muy juiciosa a pesar de sus cortos años; pero Fígaro (así nombrado por el marido de Doña Casimira por haberle hallado un día jugando con su guitarra, cuyas cuerdas sonaban no muy armoniosamente)... Fígaro, que, según decían, tenía una vaga semejanza con el barbero del número 8 de aquella calle, por lo que había merecido dos veces ser llamado de aquella manera, no estaría del todo bien en casa de don Serafín, cuyos niños eran muy revoltosos y trataban con dureza a los animales.

Pero al cabo, como el tiempo urgía, Morito fue entregado a Doña Carlota y Fígaro a Don Serafín.

Ambos fueron adornados con collares rojos y cascabeles, y Blanca, la niña de la viuda, y Alejandro y Pepita, hijos del cacallero, que también era vecino de Doña Casimira, habitando en el otro tercero, no dudaron ya que en sus moradas todo sería bienestar y ventura con haber llevado a ellas a los dos gatitos.

Al pronto la casualidad vino a confirmar   aquella idea: Doña Carlota ganó un premio a la lotería y D. Serafín, que estaba cesante, fue colocado con doce mil reales en un Ministerio.

-¡El gato negro! -exclamaban los chicos.

-¡El gato negro!

Lo que no impedía que Alejandro y Pepita maltratasen al pobre Fígaro, que, cuando podía, se vengaba de ellos clavando en sus manos los dientes o las uñas;   pero como era tan pequeño no les hacía gran daño.

En cambio Morito pasaba los días en la falda de su joven ama y las noches en un colchoncito muy blando que hizo Blanca para el gato en cuanto se lo dieron. Demostraba él su contento con ese ronquido acompasado que en los gatos es indicio de felicidad completa, y es seguro que si hubiese sabido hablar no hubiera dejado de decir a Doña Casimira que no podía haberle proporcionado una casa mejor.

A los dos meses de estar Fígaro con Don Serafín, todo cambió en la morada de éste: Alejandro estuvo gravemente enfermo con una erupción, su padre se quedó cojo de una caída, una criada le robó los cubiertos, y Pepita no cesaba de perder, ya pendientes, ya pañuelos, ya muñecas.

-¡Vaya una suerte que nos ha traído el gato negro! -decían mirándole con rabia.

En cambio Blanca estaba cada día mejor de salud, le regalaban muchos juguetes y parecía que la prosperidad había entrado en su casa con Morito.

Hablando un día D. Serafín con la vecina   del piso entresuelo, delante de los dos niños, en tono de burla, de la felicidad que les había llevado el gato negro, la señora le dijo:

-Hay dos clases de gatos negros: unos que dan la ventura y otros que la quitan. Aunque hijos de la misma gata, es fácil que Moro sea un gato de los buenos y Fígaro de los malos. Usted, amigo mío, ha tenido la mala suerte, mereciéndola mejor que Doña Carlota.

Alejandro se quedó muy preocupado al oír aquello, y Pepita más. A los dos se les ocurrió lo mismo: puesto que los gatos eran iguales, ¿por qué no los habían de cambiar? Había en la casa un patio muy pequeño al que daban las cocinas de Doña Carlota y D. Serafín, viniendo las ventanas una enfrente de otra. Por allí se habían asomado muchas veces los vecinitos Alejandro y su hermana para hacer muecas a Blanca, y   ésta para enseñarles sus juguete. El niño, que era muy malo, dijo a Pepita que se fingiera amiga de la hija de Doña Carlota para entrar en la casa más fácilmente y coger al gato, a lo que ella se prestó gustosa porque ya miraba a Fígaro con horror.

Aquello fue muy fácil: Blanca, con permiso de su madre, convidó varias veces a Pepita a almorzar con ella. Las niñas jugaban juntas y salían también a paseo.

Aprovechando una de estas salidas, fue Alejandro un día a casa de Doña Carlota y dijo a la criada, que sin desconfianza le hizo pasar, que iba a esperar la vuelta de su hermana porque tenía un recado urgente que darle.

La criada se volvió a la cocina, y entretanto el niño pasó al comedor, donde dormía el gato junto al brasero, y cogió a Moro, que no opuso la menor resistencia porque era muy manso. Llegó a la antesala, dejó abierta la puerta y, entrando en su casa, encerró al gato en su habitación y llevó a Fígaro al comedor de al lado. Pero si era fácil que confundieran a los dos gatos, no podía evitarse que ellos extrañasen cuanto les rodeaba; así es que Fígaro fue enseguida a esconderse debajo del aparador para que nadie le viera.

Cuando Doña Carlota volvió de paseo con las niñas, lo primero que hizo Blanca fue llamar a Morito; pero el gato no salió como de costumbre.

-No sé qué le pasa hoy a Moro -dijo Alejandro-; está debajo del armario y gruñe cuando se le quiere sacar de su escondite.

-Habrá algún ratón -dijo Doña Carlota.

Pepita y su hermano se marcharon, diciendo que al día siguiente no podrían volver porque esperaban a un pariente que venía de fuera.

Y aguardaron las venturas que el nuevo gato había de llevar a la casa.

Pero la mala suerte no se interrumpía. Como D. Serafín, a causa de la pierna rota, había dejado de ir a la oficina, ocurrió que por la noche le llevaron la cesantía. Mas los niños dijeron que aquello se había firmado cuando aún estaba en la casa Fígaro.

Así pasaron unos días, sin que Pepita y Alejandro hubieran ido a ver a Blanca.

Los gatos salían ya a comer, pero no se dejaban tocar todavía.

Un sábado estaban limpiando las cocinas en ambas casas. Fígaro, en la de Doña Carlota, se asomó a la ventana y reconoció, no sin asombro, a la criada de D. Serafín, que antes le daba carne cruda todas las mañanas.

-Aquella sí que es mi casa -debió decirse-, pero se quedó un tanto parado al ver un gato igual a él en el cuarto de enfrente.

En cuanto al Morito, miraba aquellas cacerolas tan relucientes, aquellos platos blancos con flores de colores donde le servían la leche, y hasta veía sus dos cazuelas, que la cocinera acababa de fregar, lo mismo que cuando comía él.

-Allí vivía yo -pensó sin duda-; y por cierto que estaba mejor que aquí.

La criada de Doña Carlota empezó a llamarle: él se refregaba contra la ventana y hacía mil demostraciones de júbilo.

Al fin Fígaro miró al patio y pareció medir la distancia que le separaba de la ventana vecina. Moro lo comprendió y, sin reflexionar, dio un gran salto, cayendo aturdido a los pies de la cocinera de Blanca.

-Este sí que es mi gato -decía la buena mujer acariciándole-. Bien sospechaba yo que aquí había ocurrido alguna cosa. Esos infames chicos de al lado son los culpables.

Entretanto Fígaro había saltado también; pero como la criada de D. Serafín había salido de la cocina para abrir la puerta de la calle, porque acababan de llamar, no se enteró de aquel cambio de gatos.

Alejandro y Pepita siguieron creyendo que Moro estaba en su casa y Fígaro en el otro tercero.

Mas las desdichas continuaban y no sabían a qué achacarlas ya.

Con este motivo Fígaro llevaba algunas palizas diarias, y el gato, que era reflexivo, pensó que le tendría más cuenta volverse a la casa de al lado. Era fácil saltar por el mismo camino; pero ¡ay! el pobre gato midió mal la distancia y fue a parar a una tabla, donde Doña Casimira ponía el botijo para que se refrescase el agua, lastimándose un poco.

Fígaro conservaba un vago recuerdo de aquella casa, en la que había pasado sus primeros meses, y allí fue recibido con entusiasmo para reemplazar a Sultana que acababa de morir en los brazos de su dueña.

¿Llevó Fígaro la desgracia a su nueva morada? No por cierto. Doña Casimira continuó, como antes, siendo la mujer más afortunada de la tierra, como lo eran Doña Carlota y Blanca.

Don Serafín murió, dejando sus hijos a a cargo de un pariente, que les encerró en colegios a fin de que cambiaran su mala condición; y los niños, pensando en que ya no tenían el gato negro, llegaron a convencerse de que éste no llevaba la buena ni la mala suerte, sino que la desgracia estaba en ellos, que realmente no merecían otra cosa.

Así, un día que fueron a visitar a Doña Casimira, dieron a Fígaro bizcochos y queso, que el gato se comió demostrándoles después su gratitud con un arañazo.

Su nueva dueña dedujo que Fígaro había reconocido a Alejandro y a Pepita: era un gato muy inteligente.

El tren correo acababa de llegar a la estación de Santa Marina y de él se apeó, entre otras muchas personas, un viajero joven, sencillo pero elegantemente vestido, que iba sin duda para asistir a las fiestas del citado pueblo, que empezaban aquella noche.

No sabía el caballero que ya no se encontraba en la posada, con honores de fonda, ni una habitación disponible; juzgaba cosa fácil tener albergue en la pequeña población. A la primera pregunta que hizo sobre el particular pudo comprender el error en que estaba; todo había sido cedido o alquilado a parientes, parroquianos o amigos, hasta las guardillas, hasta los pajares, hasta las cuadras.

-¿Qué voy a hacer si no hallo dónde pasar la noche? -se preguntó el viajero.

Andando a la casualidad vio en una calle estrecha, fea y sucia, una casa muy vieja, compuesta de dos pisos, con ventanas, detrás de la que se extendía un mal cuidado jardín. Todo parecía indicar que el citado edificio estaba abandonado por completo; los cristales cubiertos de polvo y telarañas, los muros en estado medio ruinoso, la puerta un tanto desvencijada. Pegado en ella se veía un papel amarillento en el que apenas podían leerse estas palabras, escritas con una letra gruesa y desigual: «Se alquila o se vende. En el número 8 darán razón.» La casa tenía el número 4, por consiguiente el forastero encontró sin dificultad el lugar donde podían darle noticias respecto a aquel viejo edificio. Una niña de diez a once años se hallaba a la entrada ocupándose en recoger alguna ropa lavada que había tendido al sol para que se secase.

-¿Se puede ver la casa que tiene el número 4? -preguntó el caballero.

La muchacha le miró con verdadero asombro y no respondió.

-He visto que se alquila o se vende -prosiguió él-, y como me figuro que no ha de ser cara, tomándola por unos días resuelvo el difícil problema de tener dónde dormir en este pueblo durante las fiestas.

-¿Pero de veras quiere usted entrar ahí? -murmuró al fin la niña.

-Si no hay inconveniente...

-Inconveniente no, pero...

-Explícate con claridad -dijo el viajero viendo que ella no proseguía.

-Es el caso, repuso la niña, que esa casa, llamada la del duende, no se abre hace lo menos veinte años, y durante ese tiempo nadie ha venido a pedir a mi padre la llave para verla.

-¿Y por qué se llama del duende? -interrogó el joven.

-¡Ah! no es sin razón, caballero. Vivía en ella hace mucho tiempo un avaro muy viejo y muy rico. Tenía guardado su oro en un agujero que nadie conocía y, a pesar de esto, él notaba que las monedas iban disminuyendo poco a poco. Un día se escondió para sorprender al ladrón, y vio que era un duendecillo muy pequeño. Cuando el avaro quiso acercarse a él, el duende desapareció como por encanto. Desde entonces el viejo vivió con gran desasosiego y algunos dijeron que se había vuelto loco, siendo su manía que le robaban. Lo cierto es que una mañana amaneció muerto y, aun que se dijo que se había suicidado en un acceso de locura, nadie dudó en el pueblo que el duende le había asesinado para robarle, pues no se encontró nada de su dinero. La casa quedó abandonada, habitándola sólo el duende, que continúa en ella, aunque no le ve nadie.

¿Y cómo se sabe que continúa?

-Porque durante la noche se ilumina todo el piso alto y porque cuanto se le pone a la puerta desaparece al dar las doce.

Y siguió contando al forastero cómo para apaciguar al duende era preciso hacerle obsequios de más o menos valor, pero que él admitía siempre. Si enfermaba una gallina, para que no muriese, la dueña depositaba una cesta con algunos huevos a la puerta de la casa del duende; si era una vaca, se le ponía una cantarita de leche; si se presentaba mal la cosecha, se hacía el ofrecimiento, que más adelante se cumplía si resultaba buena o aun mediana, de darle un saco con el mejor trigo; el duende aceptaba las ofertas y tenía la amabilidad de devolver, pero vacíos, la cesta, la cantarita y el saco. Nadie le veía cuando recogía los regalos, porque ¡salía tan tarde! nada menos que a las doce de la noche, cuando allí todo el mundo se acostaba a las nueve en verano y a las ocho en invierno.

A pesar de estas noticias, el forastero insistió en que quería pasar allí la noche, y la muchacha le dijo que esperase a que   -60-   su padre llegara para que le entregase la llave. Antes de que esto ocurriese, apareció en aquella calle un grupo compuesto de una docena de chicos que perseguían a un pobre niño de fisonomía dulce y simpática, vestido humildemente con un pantalón remendado y una blusa azul algo descolorida por el uso. Iba sin gorra y llevaba los pies descalzos.

-Ahí viene Ginesillo el tonto -murmuró la niña.

-¿Y quién es el que tal nombre lleva? preguntó el caballero.

-Es el hijo de la tía Micaela, viuda de Nicolás el tonto.

-¿Y son todos tontos en esa familia?

-Si el padre lo era ¿qué quiere usted que sea el hijo?

Entre tanto los muchachos empujaban a Ginés hacia la casa del duende, resistiéndose el niño, en cuyo rostro se marcaba un profundo terror, a acercarse allí.

-¡Que le haga una visita al duende! -exclamó un chico.

-Ofrezcámosle a Ginesillo para que se acaben los tontos del pueblo -añadió otro.

-Y que se quede con él y no devuelva más que la blusa -prosiguió un tercero.

-Metámosle por una ventana que tenga los vidrios rotos -dijo el primero que había hablado.

El viajero tuvo que intervenir en el asunto y, gracias a su energía, los muchachos dejaron en paz a Ginesillo. Éste, apenas se vio libre, echó a correr, no sin dirigir antes una mirada de gratitud a su defensor.

Poco después llegó el padre de la niña que entregó al joven la llave de la casa del duende para que la viera.

Era un edificio feo y sin comodidades de ningún género en su interior. Sólo dos cosas excitaron la atención del caballero: la primera, que en una de las guardillas había un catre con un colchón en el que se notaba que una persona había dormido, y la otra, que en la cocina se veían restos de comida y en una de las hornillas algunos carbones que pareían haber sido apagados poco antes. Aquello no podía ser del tiempo del avaro, muerto hacía nada menos que veinte años, y si había dicho verdad la muchacha, nadie había entrado allí después de aquel trágico suceso.

En otra pieza del piso principal vio una cama algo mejor que la de la guardilla, que pensó elegir para pasar la noche. El resto del mobilario estaba deteriorado y cubierto de polvo.

El forastero alquiló la casa por quince días, pagó adelantado y se fue luego a comer a la posada.

Al pasar por la calle peor del pueblo, vio a la entrada de su mala choza a Ginesillo el tonto y a su madre, una pobre mujer de la que todos se burlaban, igual que de su hijo, por lo que produjo al caballero la más profunda compasión.

Después de cenar y presenciar una parte de las fiestas nocturnas, el joven se dirigió tranquilamente hacia la casa llamada del duende. Al divisarla de lejos le pareció que, en efecto, el piso superior estaba iluminado, pero al acercarse más advirtió que era el reflejo de la luna en los cristales, puesto que al llegar junto a la casa aquella luz había desaparecido.

-Todo será lo mismo -murmuró el joven-, en esto no debe haber una palabra de verdad.

Delante de la puerta vio una jarra con miel, una cesta con fruta y una botella con vino. Abrió, subió la escalera y entró en el cuarto que había elegido para alcoba. Allí una bujía, pues había comprado un paquete de ellas en el pueblo, y se echó vestido en la cama. Al mirar su reloj vio que marcaba las once y media y, recordando que el duende recogía a las doce sus provisiones, se asomó a la ventana y estuvo en acecho, cuidando de no llamar la atención ni asustar al habitante de la singular casa.

Al sonar la primera campanada, el joven noto que la puerta se abría sin ruido y que un brazo corto, que terminaba en una mano pequeña, cogía la jarra primero y después la cesta y la botella.

Una vez hecho esto volvió a cerrar despacio y el caballero oyó unos ligeros pasos por la escalera. Apagó su bujía, pero cuando se acercó a la puerta de su alcoba no vio nada ni pudo averiguar más. Aunque no muy tranquilo, volvió a echarse en la cama y, después de luchar algunos minutos con el sueño, se quedó profundamente dormido.

A la mañana siguiente vio la jarra, la cesta y la botella vacías junto a la puerta de la casa.

A nadie dijo lo que había ocurrido el día precedente, se pasó la tarde disfrutando de todas las fiestas, y hasta muy entrada la noche no regresó a su nuevo domicilio.

Le pareció indigno el temor que había sentido el día antes y decidió hacer algunas averiguaciones respecto al duende. Pero, aunque se asomó a las doce, registró la casa y observó todos los rincones, no hubo nada de particular y llegó a pensar que lo visto la noche anterior había sido un sueño.

A la siguiente se disponía a echarse en la cama, cuando oyó en la pieza de arriba ligero rumor de pasos.

-¿Será algún gato? -se preguntó el forastero-; sólo un duende podría andar de esa manera. Es preciso que suba despacio y que me entere bien de lo que pasa.

Dejó transcurrir un cuarto de hora y luego, procurando hacer el menor ruido posible, subió la escalera y llegó a la guardilla, pero no encontró a nadie allí.

A la noche siguiente ocurrió lo mismo respecto a los ligeros pasos, y cuando se dirigía hacia la escalera halló ante sí la puerta cerrada con llave que le impidió seguir sus investigaciones. No dudó ya que el duende sabía su presencia en la casa y que huía de él; así es que decidió esconderse para sorprender al que se ocultaba. Al otro día, en vez de permanecer en su cuarto, se quedó en la guardilla detrás de la puerta. Apenas había pasado una hora oyó las leves pisadas, y el duende penetró en su alcoba, donde no encendió luz. Al caballero le pareció un hombrecillo de corta estatura, pero no hubiera podido asegurar nada, porque apenas se veía en la habitación, débilmente iluminada por un plateado rayo de luna que penetraba por las rendijas de   la ventana. El joven sacó entonces una bujía que había llevado, aplicó una cerilla y no pudo contener un movimiento de sorpresa al ver echado ya en el catre, a Ginesillo el tonto. El niño se levantó extendiendo sus suplicantes manos hacía él, y le habló de este modo:

-No me pierda usted, no descubra a nadie que me ha visto.

-Pues explícame sin reticencias ni falsedades tu presencia en esta casa.

-Sí, señor -balbuceó el niño-; siéntese usted y se lo diré todo.

Y cuando el forastero hubo ocupado la única silla que había allí, empezó la historia en estos términos.

-Usted sabe bien que en todos los pueblos hay algún pícaro que se finge tonto, y el de Santa Marina hace veinte años robó al señor que vivía en esta casa, sin que nadie lo sospechase. Mi padre, que lo vio, no quiso delatarle porque había sido amigo suyo; pero desde entonces se le halló más preocupado y más silencioso cada día, por lo que al morir el ladrón -a quien no aprovechó el robo, pues apenas vivió tres   meses después de cometerlo- fue tenido él por tonto también. Mi pobre padre sufrió mucho con eso, porque nadie quería darle trabajo, y se vio obligado a gastar poco a poco sus economías.

Apenas murió, después de una breve enfermedad, mi madre tuvo que ponerse a servir para mantenerme, y yo heredé la fama de tonto que tenía mi padre, por mi carácter tímido y medroso. Cuando fui mayor, pensé sacar partido de lo que llamaban mi tontería, en provecho de mi madre. -El pueblo entero se ríe de mí, me dije, pues yo me reiré más de él. -Y una noche me introduje en la casa del duende y vi que no había en ella nada extraño, y que mi madre y yo podíamos dormir perfectamente, dejando bien cerrada nuestra choza, ella en la cama del avaro y yo en el catre donde descansaba un criado a quien después echó. Estas noches usted le ha quitado la cama a mi madre, que se ha quedado en nuestra cabaña. Entramos aquí por la puerta del jardín, pues tenemos todas las llaves de la casa que el ladrón, que las mandó hacer, se dejó un día olvidadas en la nuestra después de cometer el robo, y contando una historia hoy, inventado un suceso raro mañana, logré que nadie dudase de la existencia del duende y que le hicieran ofrecimientos de huevos, pan, leche y otras cosas con las que nos mantenemos mi madre y yo. Lo que los dos ganamos trabajando, cuando hay en qué, lo ahorramos, y el día que tengamos bastante dinero nos iremos muy lejos para vivir en paz. Esto es cuanto puedo decirle, caballero.

-Pero eso -dijo el joven-, no me explica tu terror cuando querían encerrarte en la casa del duende...

-Era fingido, yo no temía nada.

-Pues entonces eres un gran actor.

-Sí, señor, pero encargado siempre del papel de tonto.

El forastero le prometió callar y lo cumplió, dándole antes de marcharse una cantidad de dinero para que el niño y su infeliz madre pudieran dejar más pronto aquel lugar y la miserable vida que en él llevaban. Les ofreció también su apoyo para que lograran trabajar, sacando buen producto, en la ciudad que él habitaba.

Al día siguiente pudo ver cómo se burlaban del chico los muchachos, pero al partir llevaba la convicción de que la persona más inteligente de Santa Marina era aquel niño a quien llamaban Ginesillo el tonto.

Una tarde, que los padres aún no habían vuelto de trabajar en el campo, se hallaba Juanito en su bonita casa compuesta de dos pisos, al cuidado de una anciana encargada de atender a las faenas de la cocina, mientras sus amos procuraban sacar de una ingrata tierra lo preciso para el sustento de todo el año.

La casa era el solo bien que los dos labradores habían logrado salvar después de varias malas cosechas; era herencia de los padres de ella y por nada del mundo la hubieran vendido o alquilado.

Juanito se hallaba en la sala, una habitación grande, alta de techo, con dos ventanas que daban al campo, amueblada con sillas de Vitoria, un rústico sofá, una cómoda, con una infinidad de baratijas encima, y dos mesas.

A una de las ventanas, que estaba abierta, se acercó por la parte de fuera un hombre mal encarado, vestido pobremente y con un fuerte garrote en la mano. Hizo seña a Juanito de que se acercara y le preguntó, cuando el muchacho estuvo próximo, dónde se encontraba su padre.

-En el campo grande -contestó el niño.

-¿Y dónde es eso? -prosiguió el hombre.

-Por lo visto es V. forastero cuando no lo sabe. Mire por donde yo señalo con la mano. Ese sendero de ahí enfrente tuerce a la izquierda, sale a una explanada, luego...

-No hay quien lo entienda -interrumpió el hombre-; y el caso es que urge verle para el ajuste de los garbanzos y de la cebada. ¿No podrías acompañarme?

-Mis padres me han prohibido salir de casa, y si falto a su orden me castigarán.

-Más podrán castigarte si pierden la venta por ti.

-¿Y qué he de hacer, entonces?

-Acompañarme si quieres y si no dejarlo, que haré el trato con otro labrador.

-Es que -prosiguió el niño-, dicen que hay dos secuestradores en el país y por eso mis padres temen que salga.

-Yo te respondo de que yendo conmigo no los encontrarás; además llevo un buen palo para defenderte.

-¿Los ha visto V?

-Sí, iban a caballo, camino del molino viejo.

-Entonces no hay temor, porque tenemos que ir hacia el lado opuesto. Vamos.

Juanito salió, guiando al hombre por la senda que antes indicara.

La tarde era clara y serena, brillaba el sol en un cielo sin nubes y el calor se dejaba sentir con fuerza, porque ni un árbol daba sombra a aquel campo sembrado de trigo a derecha e izquierda. Un estrecho sendero conducía al lugar, aún muy distante, donde los padres del niño se hallaban trabajando. Pero antes de llegar a la explanada de que hablara Juanito, el hombre lanzó un silbido extraño y un joven se presentó casi en seguida llevando un caballo de la brida. A una seña del que había obligado al pequeño Juan a salir de su casa, el joven montó y el niño se vio cogido por unos robustos brazos y colocado sobre el caballo también. Gritó pidiendo auxilio, pero al instante un pañuelo fue puesto sobre su boca para ahogar su voz y ya no hubo defensa posible para la infeliz criatura.

El caballo iba a galope y Juanito veía al pasar, con vertiginosa rapidez, los carros cargados de paja que volvían al pueblo, las yuntas que, terminados los trabajos, iban a encerrar, algunos labradores que se retiraban a sus hogares; pero todo de lejos y sin que ningún hombre fijase su atención en él.

A pesar de aquella carrera, el camino le parecía muy largo; al fin el joven hizo parar el caballo, bajó al niño y, sin soltarle, abrió una puerta que conducía a un vasto terreno que debió ser jardín en otro tiempo; le introdujo allí, volvió a cerrar con llave y le dejó solo sin ocuparse al parecer más de él.

Juanito no pudo contener sus lágrimas al ver las altas tapias que hacían de aquel paraje una prisión de la que era imposible huir. Anduvo después largo rato, hasta que rendido se paró en un ángulo del terreno, donde había un pozo rodeado de jaramagos y florecillas silvestres. Aquel sitio inculto tenía un misterioso encanto para él.

Llegó la noche, y cansado, sintiendo hambre y sed, se echó no lejos del pozo y al fin se durmió.

A la mañana siguiente uno de los bandidos, el primero que vio, fue a despertarle y le obligó a firmar un papel para su padre en el que le decía que los secuestradores le matarían si no les entregaba quinientos duros por su rescate.

-Y es la verdad -añadió el hombre-, si no pagan te tiraremos a ese pozo.

Los labradores en balde buscaron aquel dinero; en tan breve plazo nadie quería comprarles su casa ni dar nada a préstamo.

Juanito, que no había comido desde el día anterior, sentía indefinible
malestar y a veces le parecía que una nube velaba sus ojos.
Llegó la noche y los bandidos no parecieron. El niño se acercó al
pozo y ¡cosa rara! creyó ver que en el fondo brillaba una luz.
-¿Estaré soñando? -se preguntó Juan.
Y siguió mirando, pero el pozo era muy hondo y no se veía si tenía
agua o estaba seco.
Poco después una voz, de mujer o de niño, cantó dentro del pozo el
siguiente romance con una música dulce y un tanto monótona:

Había en una ciudad
un bello y juicioso niño,
a quien unos malhechores
lograron poner cautivo.
Le llevaron engañado
a una casa con sigilo
donde había un gran terreno
que antes jardín hubo sido,

rodeado de altas tapias,
con arbustos ya marchitos,
árboles mustios o secos
y un pozo, medio escondido,
en un bosque de rastrojo,
de gran abandono indicio;
pidieron por el muchacho
un rescate los bandidos,
mas siendo los padres pobres
y careciendo de amigos,
en balde fueron buscando
aquel oro apetecido,
precio de la libertad
del idolatrado hijo.
Por vengarse, los ladrones
presto hubieron decidido
arrojar en aquel pozo
al pobre muchacho vivo,
y sin escuchar sus ruegos
aquellos hombres indignos,
levantándole en sus brazos

le lanzaron al abismo.
Antes de llegar al fondo
los ángeles, también niños,
quizá hermanos por el alma
del prisionero afligido,
trocaron las duras piedras

por un césped duro y fino
y bellas flores silvestres
de nombres desconocidos,
que en algún jardín del cielo
acaso hubieron cogido,
y entonces el secuestrado,
no esperando tal prodigio,
halló al caer aquel lecho
donde se quedó dormido...

La voz se fue extinguiendo poco a poco, y Juanito no oyó las ultimas palabras del romance. Pero aquel canto le había llenado de esperanza; sabía que si le arrojaban al pozo no tendría nada que temer. Miró hacia el fondo y observó que la luz, que poco antes viera brillar, había desaparecido.

Se echó sobre la hierba y esperó con relativa tranquilidad la vuelta de los malvados secuestradores. Éstos llegaron a las doce de la noche, muy disgustados porque los padres de Juanito no habían depositado el dinero en el sitio indicado, pues los infelices no habían encontrado ni la vigésima parte de lo pedido.

-Le arrojaremos al pozo mágico -dijo   el más joven señalando al niño-. Esos rústicos no habrán dejado de dar aviso de lo que ocurre a la guardia civil y, para probar que no somos nosotros los secuestradores,   tenemos que desembarazarnos del chico. ¿Cómo creerían que no éramos culpables si hallaban al muchacho con nosotros?

-Y ¿no le buscarán en el pozo? Y a propósito de éste, ¿por qué le llamas mágico? -preguntó el otro bandido.

-Porque algunas veces se oyen en el gritos y en el pueblo aseguran que está encantado.

-¿Y tú lo crees?

-Yo no, pero lo llamo así por costumbre que tengo de oírlo.

Siguieron hablando y por último se acercaron a Juanito y, sin atender, a sus ruegos, le arrojaron al pozo.

El pobre niño perdió el conocimiento antes de llegar al fondo, así es que no supo si había allí el lecho de flores arreglado por los ángeles sus hermanos.

Cuando volvió en sí se halló en un pequeño cuarto y acostado en una humilde cama. Un hombre y una muchacha velaban junto a él. El primero, sin hacerle pregunta alguna, le dio algún alimento que reanimó sus fuerzas, mientras la segunda le miraba con cariñosa curiosidad.

Cuando el hombre salió, Juanito se atrevió a preguntar a la niña dónde se encontraba.

-Mi padre me había prohibido hablarte para que no te fatigaras -dijo ella-, pero ya que te muestras curioso... ¿Has oído cantar al pozo mágico?

-Sí, ¿quién cantaba?

-¿Eso qué importa? Todo lo que decía el romance se ha realizado. En el fondo del pozo no había agua ni duras piedras, has caído sobre paja y heno. Luego mi padre te ha cogido en sus brazos y te ha traído aquí para avisar a tu familia, a la que conoce y quiere porque tu padre le salvó la vida cuando los dos eran soldados. Desde el fondo del pozo se oye todo lo que traman los secuestradores y mi padre ha evitado por eso algunos crímenes. La casa que ellos ocupan está en la parte alta del camino y la nuestra en la más baja; el pozo tiene una abertura que pone en comunicación esta vivienda con la otra, obra que hicieron unos contrabandistas en otro tiempo, pero que los secuestradores ignoran. Hay un camino subterráneo que llega a nuestro pequeño jardín. Para que tu ilusión fuese más completa, puse margaritas y amapolas en el fondo del pozo, pero como te desmayaste no lo has visto. Ya iremos allí otro día.

La llegada del padre de la muchacha puso término a la conversación; pero como a la mañana siguiente Juanito estuviese ya bueno, tuvo deseos de ver el fondo del pozo con su nueva amiga. Ésta abrió una puerta que había en un cobertizo que daba al jardín y ambos penetraron en un subterráneo estrecho y húmedo, llegando finalmente al pozo donde Juanito había caído. El niño cogió unas margaritas y prometió que las guardaría siempre.

Sobre sus cabezas, arriba, oíase un fuerte altercado; era que iban a prender a los secuestradores. Éstos querían probar su inocencia negando haber robado a Juan, y casi habían convencido a sus perseguidores, cuando una voz infantil dijo desde el fondo del pozo:

-¡Sí, son ellos los que me robaron, lo declaro para que no puedan hacer lo mismo con otros niños!

-¡El pozo mágico! -exclamó el más joven de los secuestradores.

Aprovechando su estupor, los que iban en su busca se apoderaron de él. El otro se defendió a tiros; una de las balas hirió mortalmente a su compañero y él cayó al suelo también muerto por uno de sus contrarios.

Aquella misma tarde, Juanito fue devuelto a sus padres, que no podían casi creer fuese cierta la ventura de volver a verle, pues imaginaban que había sido ya asesinado.

¡Con cuánta efusión se abrazaron luego los dos antiguos soldados! El padre de Juanito al saber que su amigo y su hija eran muy pobres, se los llevó a su casa donde compartieron con la familia los trabajos del campo, abandonando aquéllos su humilde vivienda. La comunicación con el pozo fue tapiada y el terreno donde se ocultaban los secuestradores convertido en hermosa huerta.

Juanito sintió siempre el más vivo afecto por la muchacha, a la que hacia cantar muy a menudo aquel romance que le oyó por primera vez en el fondo del pozo mágico.